由上帝所接受

Ike Ugochuku

目录

第一章

在新学校定居

这是一个星期六，托尼正在想关于下礼拜的学校。在这个新学校托尼察觉到同学们在班上形成了很多小团体。已经过了七年当他五岁时 接受了耶稣称为他的救主。他心想 "我很好奇哪一个团体我该参加的呢？"

托尼决定了他要加入很酷的团体，
"是的！" 他对自己说，
"我是为耶稣而活并且我很酷！"
他很期待星期一去学校，他会去跟飞米，阿曼达，罗莎丽多一起玩。

周一到了，休息时间时，从班上出来的托尼走去操场。当他走往飞米的团体，他注意到有一个很安静的男同学坐在操场的角落，并且没人跟他玩。托尼决定要走过去并与这个男孩交谈

他们和其他同学一起玩。托尼很开心能认识新朋友也忘了他今天关于加入酷团体的计划。

隔天，偶万达老师正在教自然课但是飞米和阿曼达聊天。

飞米! 停止你和阿曼达在做什么呢!

"你所教的课是非常无聊的"飞米很大声而无礼的方式回答老师。
偶万达老师没有生气而已平静的态度说："告诉我关于一些事你觉得很有趣。"

我喜欢游戏!

我喜欢派对，也喜欢玩耍!

你觉得一些有趣的是什么呢?

托尼很想说 "我喜欢星期天时和教会的朋友们聚在一起" 但是他觉得这个答案不适合 而且他会觉得很奇怪,所以他就安静了。

其中一个不是非常很酷的孩子沙德说 "我喜欢看书"
无聊!

沙德。游玩是很好 也有时间去玩。但是看书也是很好玩,而且在你的未来比玩游戏还给你更多好处呢。

第二章

更认识约书亚

在休息时间是，托尼从班上出来看见了约书亚，
"你好约书亚！" 他很开心看到他的朋友然后跟约书亚一起玩。

当他们在操场，他看见了很酷的同学们在操场角落游玩，托尼的心
向往他们能关注托尼。

但是他们不理托尼，托尼与约
书亚玩得很开心

他们聊天关于他们的家庭。

当然可以！这一定很棒！我会告诉你我的新玩具和游戏。我有一个游戏，是爸爸送给我的，这个会打败怪物。妈妈也刚买给我新卡通影片关于巫师。
托尼的脸表现出令人讨厌和断开的目光，而且托尼的父母也没有买给他枪射击玩具或者怪物的游戏。

托尼不喜欢关于怪物的玩具，因为那些玩具似乎不适合他的灵。托尼知道妖怪和巫师不是来自神，但是他很好奇如果他告诉约书亚就会结束他们的友谊。

他突然记得了爸爸曾经对他说："听着在你心里的圣灵吧。"

忽然托尼勇敢的对约书亚说。
我不看妖怪和巫师因为他们并不是描写耶稣基督，但是我相信还有很多有趣的事情我们能一起做。

约书亚不知道该说什么，他不明白托尼所说的事而且他所认识的人都是对巫师和妖怪是感兴趣的，但是他很喜欢托尼，他不觉得托尼定罪他 就是托尼余总不同。

是的，我们一定会做很多好玩的事！

托尼的妈妈来接他，看到了托尼正在和约书亚。

你好 托尼
你好 妈妈
今天在学校怎么样呢？
很好哦

约书亚和我一起玩，这个星期我很想拜访他，可以吗？

其实我想和约书亚的父母交谈使更认识对方，爸爸和妈妈想了解关于你要拜访的家人，你要记住哦，你不只拜访约书亚而是拜访他的家庭。

当他们到家，托尼的爸爸妈妈商量而决定了托尼的妈妈打电话约书亚的家。

托尼妈妈打电话时，约书亚妈妈接了电话，欧婉帝夫人。
你好

你好，我是弗里德曼夫人，请问欧婉帝在吗？
你好 弗里德曼夫人，我的儿子经常提到你的儿子，托尼。你好吗？
我很好
对了，请你叫我音卡，我希望一切过得好呢？

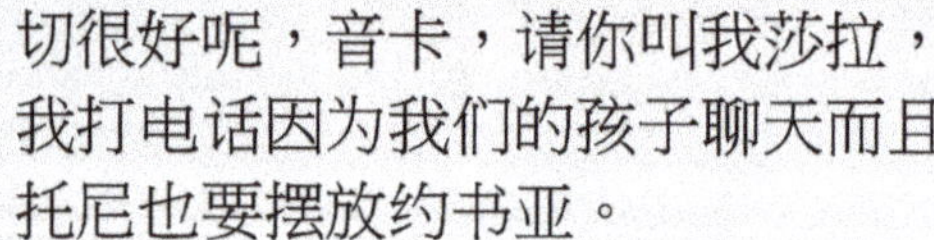
切很好呢，音卡，请你叫我莎拉，我打电话因为我们的孩子聊天而且托尼也要摆放约书亚。

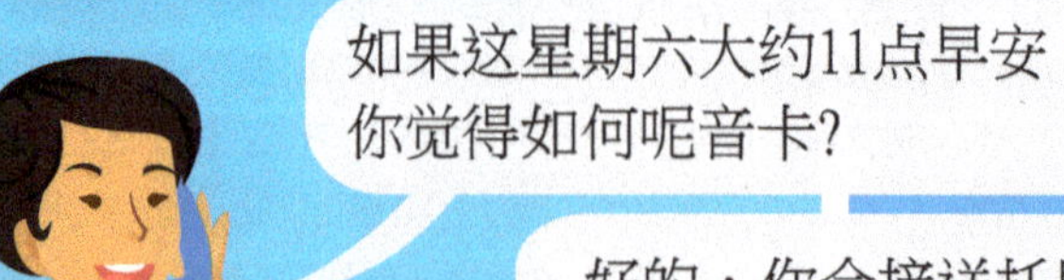
这个一定很棒呢! 你觉得什么时候最佳呢，莎拉？
如果这星期六大约11点早安，你觉得如何呢音卡？
好的，你会接送托尼吗？

我很期待呢！

我会找出时间的，我们可以一起聊天也能更认识对方

第三章

被酷孩子们注意

隔天，约书亚和托尼在学校门口见面也很快乐的一起走进去。

在班上，偶万达老师正在教数学课
圆周是什么呢？

偶万达老师，
是圆形状的周长。

$15x + 7 = 22$
求 x 的值？
有任何人能解决在黑板上的数学题吗？

没有人回答，然后托尼站起来而解决数学题。
$15x + 7 = 22$
求 x 的值？

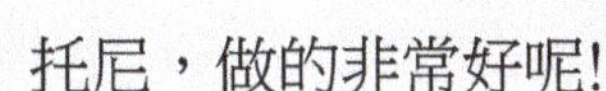

托尼，做的非常好呢!

当托尼走回桌子是，他得到罗莎丽多的击掌。

这让他感觉很棒。

休息时间的铃铛响了，孩子们在班上准要带到操场的玩具，罗莎丽多来到托尼身边并说"今天你为何不跟我们的团体一起玩呢？

托尼忘了约书亚也非常开心地和酷团体一起玩。

约书亚注意看托尼没有跟他一起玩，但是他说了"托尼有新的朋友了

当托尼跟酷团体一起玩时，飞米对罗莎丽多说："你看 德鲁！他不知道如何爬梯子呢，真是个虚弱男孩呢！"

他们都笑起来了而托尼发现了他自己也勉强的笑。

也觉得自己很坏，"我怎么可以对德鲁笑呢?他是无罪的，我该去帮他呢"

但是在他的心里挣扎想要跟酷团体聚在一起。 如果我去往德鲁，我一定会余总不同并且酷团体也不会接受我呢。"

所以他什么也不做就是跟酷团体一 起玩 也好几次说别人坏话。

下课时，托尼的心理很挣扎。

当他上妈妈的车时，他看起来很难过

一切还好吗？
妈妈，一切很好。

第四章

拜访约书亚的家

星期六时，莎拉送托尼到约书亚家，音卡开门如同如同约书亚站在她的背后。 托尼和约书亚在楼上一起玩。

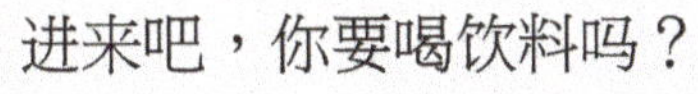

进来吧，你要喝饮料吗？
谢谢，我想喝茶。

你觉得这个地区如何呢？
很好呢，社区的邻居们很友善。

这时， 托尼和约书亚正在找要玩的游戏。"我有战舰集，我们一起玩吧。"约书亚对托尼说。所以，他们完了战舰集大约一小时，
BATTLESHIP

不久他们去楼下，原来莎拉已经回去了。
我非常开心能与你妈妈聊天呢，托尼，为何你不去操场玩一玩呢？

约书亚有足球，所以他们在操场玩足球。

然后他们进去家里吃午餐

用餐后，他们看卡通影片。 约书亚让托尼选择影片因为托尼已经告诉约书亚 他看得影片是他自己选的。
CARTOON

托尼和约书亚过玩的非常开心 然后 莎拉过来接托尼。
我很想下周六拜访托尼。

哇，听起来很棒呢，约书亚，请你告诉你的妈妈来打电话给我，所以我们能安排时间。

今天你觉得如何？
妈妈，我觉得很好。我们玩得很开心。

第五章

酷孩子的邀请函

下周一，阿曼达在学校里对托尼说："下周六是我的生日派对，你被邀请了哦。"

托尼很兴奋而对自己说："耶～ 我被他们接受了！"

当然，阿曼达，我一定回来，但是我必须先问我的妈妈。

"随你吧"阿曼达回答。问父母允许她去派对并不是她的风格。

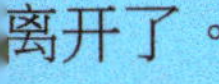

托尼了解阿曼达的意思，他的心里也有一点挣扎，但是他就离开了。

你好 约书亚，所以这周六我能遇见你哦，你妈妈说他会送你到我家。
是的，我很期待呢

阿曼达邀请我参加他的生日派对，妈妈，我可以去吗？
但是我们认识阿曼达吗？

你们不认识她，但是他是我的班上的同学 我也很想去呢，很多班上的同学们会去呢。
约书亚也参加吗？
我觉得约书亚没有被邀请，但是我很想去呢。

莎拉的心里挣扎，一方面 她很想托尼被大家接受，但是另一方面，他并不了解阿曼达 或者参加派对的孩子们。 莎拉说："好的，我会和你爸爸商量。"

当托尼的爸爸回家时，莎拉和他一起商量， 他们决定了莎拉陪伴托尼。

所以爸爸妈妈叫托尼，爸爸说："托尼， 你知道当你要跟某个同学交谈，我们想要先认识他的家庭背景。这次是一个聚会，我们允许你去参加，但是妈妈也在你旁边陪伴。" 托尼想知道在排队他会被怎样看待，但是至少他会参加派对，所以他说一声 "谢谢妈妈和爸爸。"

第六章

约书亚拜访托尼的家

神创造我们也 制作我们的心像一个
房子 使祂住在我们的心，所以我们
的心里总是有空虚的感觉 相似一个
空空荡荡的房子，直到我们邀请祂
来并且住在我们的心。 John Wesley
觉得宗教会弥补这个空虚的心 其实
宗教做不到，所以他问耶稣来到他
的心里，然后他得到了安心也拥有
与神真正的友谊呢。

约书亚看着他，想着
"怎么可能呢？"

你曾经问过耶稣来到你的心里而且也活在你的心吗？
没有。

我们从来没有讨论过关于耶稣。我们有去教会，但是我感觉得到你和John Wesley 是不同的。

当我五岁时，我问耶稣来住在我心里，我感觉得到那时候很安心，真美好呢。

你想要吃点心吗？
当然呢！

然后他们跑去拿饼干和果汁。

随之而后 他们去操场的树玩游戏。

第七章

在于阿曼达的派对而挣扎

下周六时，为了参加派对
托尼装扮。

他出门前祷告说：
主啊，赐给我你的
恩典 也赐给我 能
量使我能勇敢宣告
你的名。"

托尼与莎拉到排队的地方了。他
们有好多食物，饮料，和游戏。

派对很好玩，但是托尼觉得有些不合适的，总觉得他
不应该参加派对。在排队中，有一个游戏叫做 "跟随
巫师"，寿星的阿曼达打扮成巫师 然后所有参加派对
的人必须跟随她的动作也唱歌。

托尼觉得这个游戏让他很不舒服，
他想着："我是耶稣基督的徒弟 -

不是 巫师的徒弟呢。"

他回头看妈妈，妈妈对他招手请
他来到她的身边。

所以玩游戏当中托尼留在妈妈的
身边。 他是唯一不参加这个游戏
的孩子。莎拉抱他 也保证他就是
莎拉接受托尼的。

派对之中，托尼的心里很挣扎。当他们上车时，莎拉问他："你今天玩的开心吗？" 托尼很冷淡的回答说："是，很开心"

记得哦，神比任何人还要爱你哦，胜过我对你的爱，你也知道我很爱你。

定情看耶稣，他知道你所需要和你所想要的。
谢谢你

托尼在家和爸爸说。
爸爸，你的工作里曾经跟你在基督里的身份发生过冲突吗？

托尼的爸爸知道为何托尼问这个。

当然哦 托尼。有些情况 我期待加入的谈话 并不是在我心里的圣灵想要的 或者去某个地方 但是 生灵说 要远离呢 。这个不容易说 '不' ，因为这代表你离开谈话呢

但是我定情看耶稣。

有时候 我就磨牙而走了！哈哈！

他们很开心的笑，托尼也觉得心里舒服多了。

第八章

与约书亚的心灵关系

隔天在学校，休息时间时 托尼跑往约书亚 然后他们在角落聊天。
昨天的生日派对过得如何？
我觉得还好呢。

感觉好像你并不是非常享受呢。
其实 我觉得这个跟我在耶稣里的身份有冲突呢。
什么意思？

当我们邀请耶稣基督来到我们的心，其实祂把我们从这个世界里拉出来，祂带我们去神的国，所以看起来我并不是非常享受这个世界的东西。

托尼，我一直在考虑上次在你家你所说的 关于 神能住在我们的心里，这个是怎么会呢？

神创造我们因为祂想要做朋友，
当我们拒绝祂，祂仍然还爱着我们，祂付出代价，为我们而死呢。因为耶稣基督，我们现在复活了，也在耶稣里我们是一个家庭呢。。。

他接受我们，但是你有邀请他来吗？

我不知道该怎么做呢？

"我们一起做简单的祷告吧！起祷告吧。

圣父，我以前拒绝你，请你原谅我，

我邀请你来到我的心里 也住在我的心里，奉耶稣的名，我们祷告，阿门
托尼说一遍，约书亚从复祷告一边。

就是如此简单
约书亚和托尼很灿烂的微笑

我也想要祷告

父，对不起我曾经想要被酷团体接受我，请你原谅我，我只想耶稣接受我,阿门！

托尼 觉得非常很开心及解脱了。当他上车时，莎拉 说，"哇，你看起来过的美好的日子呢！"
是的，今天发生了很多好事情哦！

托尼告诉莎拉关于约书亚邀请耶稣来到他的心，
这个消息很奇妙，哈勒路亚！

莎拉边开车忽然祷告说："圣父，
谢谢你，在你的国度里增加了一个成
员，我们为约书亚祷告 使他能享受
你和他的交情 也 使他能成为他家里
的种子，奉耶稣的名。"

第九章

被上帝所接受

隔天，在学校时，托尼和约书亚正在往班上，托尼向约书亚打招呼
你好 约书亚，我的弟兄以及朋友。

休息时间时，飞米来到托尼身边说。

你好 托尼，今天你要跟我们一起玩吗？

不，谢谢我会跟我的弟兄以及我的朋友，约书亚一起玩。

弟兄？！我不知道你和他是同父母的哦

是的，在基督里我们是一个家庭。

飞米说，"哦"，他纯表情很奇怪。。。

。。。但是托尼没有注意而走往约书亚。他心里完
全没有往酷团体，他的心里也很开心及安心。